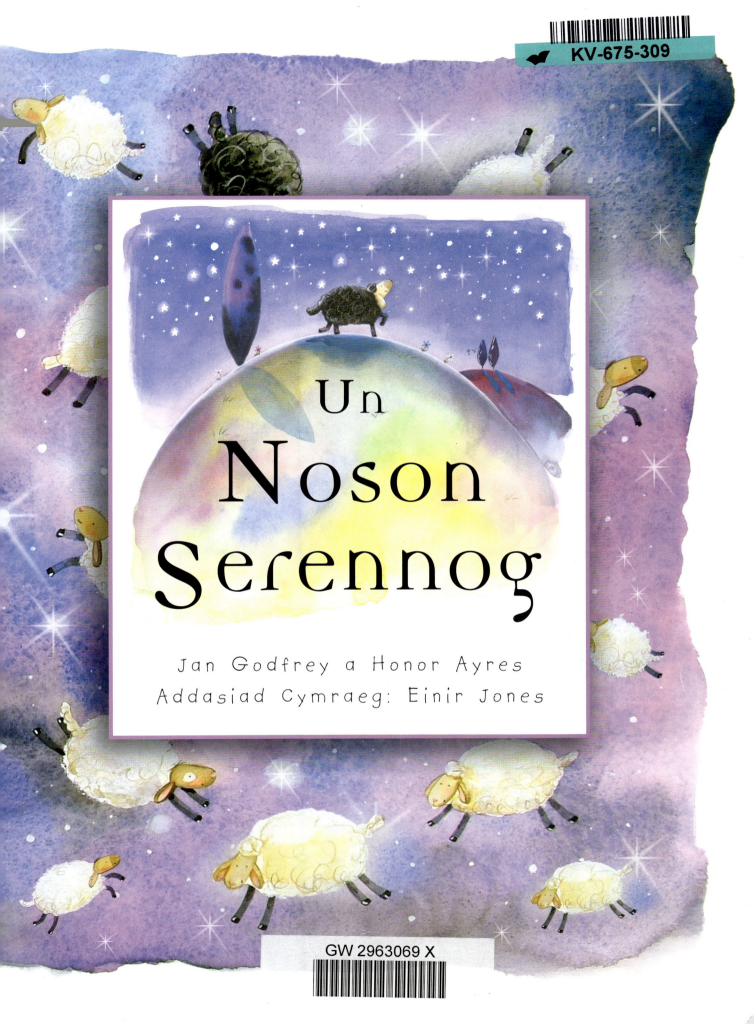

Un Noson Serennog

Jan Godfrey a Honor Ayres

Addasiad Cymraeg: Einir Jones

Un noson serennog daeth bugail bach
dros ysgwydd y bryn ger Bethlehem.
Y tu ôl iddo cerddai un ddafad fach, yn hanner cysgu.

Mee

meddai'r un ddafad fach.

Daeth dafad fach arall ling-di-long dros y bryn, gan agor ei cheg mewn blinder. Bellach, roedd dwy ddafad fach gyda'r bugail, y ddwy yn hanner cysgu.

Mee   Mee

meddai'r ddwy ddafad fach.

Daeth dafad fach arall dros lepen y bryn, yn flinedig.
Bellach, roedd tair o ddefaid bach gyda'r bugail,
yn hanner cysgu a blinedig.

Mee **Mee** Mee

meddai'r tair dafad fach.

Daeth dafad fach arall dros y bryn a cherdded o gwmpas.
Bellach roedd pedair dafad fach gyda'r bugail, yn hanner cysgu,
yn agor eu cegau gan flinder, yn flinedig ac yn crwydro.

. Mee Mee Mee Mee

meddai'r pedair dafad fach.

D aeth dafad fach arall i lawr ochr y bryn, yn llithro ar gerrig mân.
Bellach roedd pump o ddefaid bach gyda'r bugail, yn hanner cysgu,
yn agor eu cegau mewn blinder, yn flinedig, yn crwydro ac yn llithro.

Mee Mee Mee Mee Mee

meddai'r pum dafad fach.

Daeth dafad fach arall dros ochr y bryn yn sglefrio yma ac acw. Bellach roedd chwech o ddefaid bach gyda'r bugail, yn hanner cysgu, yn agor eu cegau gan flinder, yn flinedig, yn crwydro, yn llithro ac yn sglefrio.

Mee   mee   **Mee**   Baa   Mee

Baa

meddai'r chwe dafad fach.

Daeth dafad fach arall i'r golwg dros y bryn, bron â chwympo ar y llwybr. Bellach roedd saith o ddefaid bach gyda'r bugail, yn hanner cysgu, yn agor eu cegau gan flinder, yn flinedig, yn crwydro, yn llithro, yn sglefrio a bron â chwympo.

Mee Baa **Baa** Baa Mee **Mee** Mee **Mee**

meddai'r saith dafad fach.

Daeth dafad fach arall dros y bryn gan faglu dros y creigiau.
Bellach roedd wyth o ddefaid bach gyda'r bugail yn hanner cysgu,
yn agor eu cegau gan flinder, yn flinedig, yn crwydro, yn llithro,
yn sglefrio, bron â chwympo ac yn baglu.

Mee   Baa   **Mee** Mee Mee   Mee
                        Baa   Baa

meddai'r wyth dafad fach.

Daeth dafad fach arall dros frig y bryn gan drotian ymlaen.
Bellach roedd naw o ddefaid bach gyda'r bugail yn hanner cysgu,
yn agor eu cegau gan flinder, yn flinedig, yn crwydro,
yn llithro ac yn sglefrio, bron â chwympo, yn baglu ac yn trotian.

Mee
Mee Mee
Mee
Baa
Mee
Baa
Mee
Mee
Mee

meddai'r naw dafad fach.

Daeth dafad fach arall dros y bryn, yn teimlo'n ddiflas iawn.
Roedd deg o ddefaid gyda'r bugail bach bellach, yn hanner cysgu,
yn agor eu cegau gan flinder, yn flinedig, yn crwydro, yn llithro,
yn sglefrio, bron â chwympo, yn baglu, yn trotian ac yn ddiflas.

Mee   Mee   Mee   Baa   Mee   Mee
Baa   Mee   Mee
                       Baa

meddai'r deg dafad fach.

Gorweddodd y defaid i gyd i lawr wrth ochr y bugail
a dechreuodd pawb gwympo i gysgu...

Yna'n sydyn – fe ddigwyddodd peth rhyfeddol iawn!

Dyma angel hyfryd yn dod i'r golwg,
ac roedd y defaid yn ofnus iawn.

Mee   Mee   **Baa**   **Mee** Mee

Baa

Mee

Mee

Mee   Mee

meddai'r deg dafad fach.

'Beeeeeth?' meddai'r bugail bach. Roedd ofn arno yntau hefyd.
Roedd cymaint o ofn arno nes ei fod yn ysgwyd ac yn crynu
ac fe agorodd ei geg am rai munudau ar ffurf 'O' fawr, gron.

'**P**aid ag ofni!' meddai'r angel wrtho.

'Rydw i wedi dod yma i roi newyddion da iawn i ti.

Rydw i yma i ddweud rhywbeth fydd yn dy wneud di'n hapus iawn.

Rydw i yma i ddweud *bod Crist y Gwaredwr wedi cael ei eni.*

Cafodd ei eni heno ym Methlehem,

ac mae'n gorwedd mewn preseb yno.'

Yna roedd yr awyr serennog yn llawn goleuni a sŵn lleisiau angylion yn canu.

'Gogoniant i Dduw!' canai'r angylion.

'Gogoniant i Dduw yn y goruchaf.
Gogoniant i Dduw yn y goruchaf a heddwch i'r ddaear.
Heddwch i bawb yn y byd!'

Neidiodd y bugail bach ar ei draed a neidiodd
y defaid ar eu traed hefyd i'w ddilyn.
Yna fe ddechreuodd un ddafad fach, dwy ddafad fach,
tair dafad fach, pedair dafad fach, pum dafad fach,
chwe dafad fach, saith dafad fach, wyth dafad fach,
naw dafad fach, deg dafad fach . . .

. . . redeg a sgipio a neidio a wiglo a jiglo a chlapio a phrysuro a rhedeg a brysio a rasio a dawnsio eu ffordd i lawr y bryn i gyfeiriad Bethlehem.

Ac yno, gyda Mair ei fam, a Joseff hefyd, fe gafodd pawb weld
y baban bach – yn union fel ag yr oedd yr angylion wedi addo.
Baban bach yn gorwedd yn y preseb.

Baban bach yn gorwedd yn y preseb, mewn stabal.

Baban bach yn gorwedd yn y preseb mewn stabal ym Methlehem.

Yna, addolodd y bugail bach a'r deg dafad fach y baban newydd,

Oherwydd roedden nhw'n gwybod
mai hwn oedd Iesu, mab Duw.

Torrodd y wawr yn dawel a phinc dros y byd ar fore'r Nadolig cyntaf hwnnw.

Roedd yr angylion wedi diflannu i'r awyr.

Aeth y bugail bach gydag un ddafad, dwy ddafad, tair dafad, pedair dafad, pum dafad, chwe dafad, saith dafad, wyth dafad, naw dafad, deg dafad fach gan redeg ymhell dros y bryniau i ddweud wrth bawb yn y byd bod Iesu, Gwaredwr y byd, wedi ei eni.

Mee
Mee Baa
Mee Mee
Mee Mee
Mee
Mee Baa
Mee

meddai'r deg dafad fach.

'Nadolig llawen iawn i bawb!!'

Testun gwreiddiol © 2007 Jan Godfrey
Darluniau © 2007 Honor Ayres

Hawlfraint yr argraffiad Cymraeg
© Cyhoeddiadau'r Gair 2007
Cyhoeddiadau'r Gair
Aelybryn,
Chwilog, Pwllheli,
Gwynedd LL53 6SH

Testun Cymraeg: Einir Jones
Golygydd Cyffredinol: Aled Davies
Cysodi: Ynyr Roberts

Dymuna'r cyhoeddwyr gydnabod cefnogaeth
Cyngor Llyfrau Cymru.

ISBN 1 85994 577 5

Argraffwyd yng Singapore